Peter Hacks **Liebesgedichte**

Peter Hacks

Liebesgedichte

Herausgegeben
von F. W. Bernstein

RECLAM
LEIPZIG

I Die Liebesalter

Die Mädchenhasser

Zwei Jungen, die schlenderten über die Heide,
Zwei schlankbraune Jungen mit lockigem Haar.
Ihr Bild war gewiß keinem Mädchen zu Leide,
Doch gingen sie dort, wo kein Mädchen dawar.
    Auf der Heide gingen die Jungen,
    Auf der Heide um Sperenberg.

Der erste hub an: Die Mädchen, sie müssen
Nur immer geküßt sein, sonst hat man Gezänk;
Sprich, gäb es dir was, so ein Mädchen zu küssen?
Ich gähn, sprach der andre, wenn ich dran denk.

Der erste hub an: Die Sonne brennt mächtig,
Der Schweiß und der rinnt über Schulter und Arm,
Ich zieh mir das Hemd aus, dann fühl ich mich prächtig.
Der andre erwidert: Mir ist noch nicht warm.

Der erste hub an: Ein Teich, wolln wir baden?
Ein Teich, sprach der andre, ist kalt und auch naß.
Geh du, alter Junge, es wird ja nicht schaden,
Wenn ich auf dein Hemd und deine Hosen aufpass.

Der erste ging baden, der erste kam wieder.
Ein blühender Busch stand, da warf er sich hin.
Er dehnt unterm Himmel die schlankbraunen Glieder:
Du und ich und kein Mädchen, wie lustig ich bin,
    Auf der Heide, Wind in den Lungen,
    Auf der Heide um Sperenberg.

Und nun, fuhr er fort, lass uns ringen und raufen.
Ringen und raufen, frug der andre, wozu?
Warte, rief jener, ich bring dich ins Schnaufen,
Wirst sehn, alter Junge, ich bin stärker als du.
    Auf der Heide ward nun gerungen,
    Auf der Heide um Sperenberg.

Und wie sie so waren beim Raufen und Ringen,
Da wurde mit einemmal dem ersten klar
An mehreren unmißdeutbaren Dingen,
Daß der zweite Junge kein Junge war.
    Und sie beide innig umschlungen
    Auf der Heide um Sperenberg.

Sie wälzten sich, ach, am summenden Hage
Und Brust gegen Brust und Bein über Bein.
Ich lasse in dieser ein wenig schwierigen Lage
Die Mädchenhasser ganz gern jetzt allein
    Auf der Heide lerchendurchsungen,
    Auf der Heide um Sperenberg.

Lola und Ludwig

Sie saß auf seinem Lederknie
Und spielte ihm im Barte,
Die Oberlippe wölbte sie,
Die maurisch leicht behaarte,
Zum sanften Kusse ihm hinan,
Ihr Aug, das irisch blaue,
Es sprach: Du bist der erste Mann,
Dem ich mein Herz vertraue.

Da klirrts, da splitterts. Ein Rumor
Von außerhalb des Tores.
– Mein liebster Ludwig, was geht vor?
– Das Schicksal zürnt, Dolores.
Das Schicksal zürnt. Es murrt und knurrt
Und wirft mir ein die Scheiben.
Erfüllung, die dem Alter wurd,
Hat wohl kein Recht zu bleiben.

Ja, ich bin alt, und du bist kalt,
Uns peinigt kein Verlangen.
Der Erdenmensch kann dergestalt
Schon Himmelsglück empfangen.
Die Liebe edlerer Natur,
Vom Drang erlöst der Sinnen,
Man findet sie bei Greisen nur
Und bei Tänzerinnen.

– Wer aber wirft die Scheiben ein?
– Ach, Kind, man kann nur raten.
Es können die Jesuiten sein,
Doch auch die Demokraten.

Die Roten und die Schwarzen sind
Sich eins zum jetzgen Zeitpunkt,
Denn über dich und mich, mein Kind,
Besteht ja gar kein Streitpunkt.

Sie lieben selbst wie Hund und Sau,
Die Weiber, die sie haben,
Sind ungewaschen, und picklig rauh
Die Hintern der Meßknaben.
Die Roten oder Schwarzen sinds,
Die uns die Wonne neiden.
's gilt nicht der Kunst, 's gilt nicht dem Prinz,
Es gilt gewiß uns beiden. –

Sie hielten sich erschrocken fest
Und saßen Haupt an Haupt gepreßt
Und saßen stumm und lange,
Die schöne Frau, der alte Mann,
Und eine welke Träne rann
Über ihre rote Wange.

Das Volk der Baiern trennte voll Hohn
Das keusche Seelenerlebnis.
So blieb die deutsche Revolution
Doch nicht ganz ohne Ergebnis.

Also Maria Dolores Elisa Rosina Guilbert, genannt Lola Montez, und König Ludwig I. von Bayern. – Die Februarrevolution in Paris und die Schließung der Münchener Universität wegen jesuitischer Studentenumtriebe führten zu Emeuten im Februar 1848 und zu Ludwigs Abdankung im März.

II Liebesgeschichten

Die Glücksbringerin

Alles scheint mir ohne Fehle,
Himmelsrund und Erdenkreis,
Alles atmet Leben, Seele,
Seit ich sie vorhanden weiß.

Diese Tiefs vom Nordatlantik,
Diese Wolken, zäh wie Leim,
Oh, wie stimmtest du mich granti,
Deutschland, du mein Niflheim.
Aber plötzlich: ohne Fehle
Himmelsrund und Erdenkreis.
Selbst Berlin hat eine Seele,
Seit ich sie in Treptow weiß.

Die Himmelstür

Wer will nach Elysium kommen,
Muß nur gehn zum Tor hinein,
Muß nicht zählen zu den Frommen,
Muß nicht gottgefällig sein.
Muß nicht frisch sein oder froh.
Aber wissen muß er, wo.
Denn Berlin ist voll von Türen,
Welche in die Hölle führen,
Doch der Himmel wird erklommen
Durch die Himmelstür allein.

Jener Eingang nun zum Himmel
Ist benagt von Zeit und Rost.
Rechts die Flecken von dem Schimmel,
Links die Kästen von der Post.
Er sieht aus wie jeder Flur.
Aber einer ist es nur.
Und ihn hoffend zu durchschreiben,
Bleibt vergönnt dem Eingeweihten,
Furchtbar wäre das Gewimmel
Andernfalls aus West und Ost.

Seeber wohnt im Souterränge,
Heim hat ebendort Logis,
Leder eine Treppenlänge
Höher, Häring visavis.
Auf dem bröckelnden Podest
Feiern Götterchen ein Fest.
Mit den rosa Däumchen zeigen
Sie, ich soll noch höher steigen,

Wo man Mileks Küchenklänge
Hört und von Karsunke die.

Doch wie jetzt? Ist Klettern Fliegen,
Ist der Geister Gangart schon?
Über ausgetretne Stiegen
Schweb ich nach Elysion.
Hinter einem Rosennetz
Stehn drei Eimer mit Briketts.
Und der morsche Seitenflügel
Wird zum Lust- und Wunderhügel,
Und die Stuckgirlanden wiegen
Sich um Schätzchens Liebesthron.

Und sie klappert mit den Tassen,
Und sie lächelt so verliebt,
Daß ihr, wärt ihr zugelassen,
Euch gewiß die Augen riebt.
Doch nun Schluß mit Wie und Was.
Denn man wird verstehen, daß
Von dem wahren Weg zum Heile
Ich die Kenntnis ungern teile.
Würde euch ein Himmel passen,
Wo man sich die Klinke gibt?

Viehaustrieb

Ich fuhr, und ohne Trauer,
Zu der hin, die ich lieb.
Da plötzlich: eine Mauer
Von Ärschen. Viehaustrieb.
Das Auto darf nicht rollen.
Sie drücken es entzwei.
Eine Herde Rindvieh
Läßt keinen vorbei.

Sie hören auf kein Zeichen,
Sie haben Dreck im Ohr,
als wär man ihresgleichen
Und drängelte sich vor.
Der stinkenden Kuhmagd
Gilts auch einerlei.
Eine Herde Rindvieh
Läßt keinen vorbei.

Ich bin der besten einer
Der Köpfe unterm Mond.
Ich weiß, sonst weiß es keiner,
Wo Deutschlands Muse wohnt.
Wir längen längst zu Bette
In holder Schwärmerei.
Ich will mich nicht wiederholen.
Die Fahrbahn ist nicht frei.

Auf einen bronzenen Gartengott von Salow

Priapos steht ohne Hosen
Zwischen Buchs und Hochstammrosen.
Seine Beine eine Stele,
Daß das Ornament nicht fehle.
Aber dann aus feisten Hoden
Überragt den Gartenboden
Unermüdlich seine Rute.
Damit segnet uns der Gute.

Unserm Gärtner, dem obläge,
Der Figur zum Zweck der Pflege
Ihre Wölbungen und Höhlen
Mit dem Lappen einzuölen,
Wirds, wenn er zur Mitte reinlich
Sorgend vordringt, immer peinlich.
In ihm schwillts zum Haß, zum fixen,
Einem Mann den Schwanz zu wichsen.

Und er hat sein Weib gebeten,
Ihn beim Wichsen zu vertreten.
Die, unangefochten fröhlich,
Reibt dem Gott die Eichel ölig.
Abends liegt sie noch wie schwebend,
Das Begebnis nacherlebend,
Leise zieht durch ihr Gemüt
Die Kontur von seinem Glied.

Du sollst mir nichts verweigern

Du sollst mir nichts verweigern.
Ich will den letzten Rest.
Geht eine Lust zu steigern,
Ein Schurke, wer es läßt.
Gehabtes Glück hilft sterben.
Der Tod, er soll nichts erben
Als blankgeleckte Scherben
Und Schläuche ausgepreßt.

Der Vater der Genüsse,
Der alte Knochenmann,
Hängt an die tiefsten Schlüsse
Doch seinen tiefern an.
Boviste und Planeten,
Das Schicksal der Poeten …
Er drückt uns an die Gräten,
Mein Liebchen, und was dann?

Drum glaub den tausend Zeigern
Der Welt, die nimmer ruhn.
Du sollst mir nichts verweigern.
Wir müssen lieben nun,
Bis einst aus freien Stücken,
Gesättigt mit Entzücken,
Wir unsrer Füße Rücken
Still voneinander tun.

Couplets

Gartengott
Der Priap steht, nicht mit dem Gartenrot-
schwanz zu verwechseln, von Geblüh umlohnt.

Im Bett der Liebsten
Zwei Körper bis zur Stimmigkeit verworrn.
Unten wird oben hier und hinten vorn.

Ufermond
Ein holdes Weib, ein bei mir habendes,
Erhöht die Göttlichkeit des Abendes.

Noch immer
Die Liebe, teils mit Balsam, teils mit Scherz,
Teils mit Ekstase füllet sie mein Herz.

Vollkommenheit
Die ideale Liebe muß nicht stets
Im Bette enden. Besser wär, sie täts.

Symposion
Obwohl es Platon auch sagt: Erst ein Weib
Macht mich komplett, es ist mein halber Leib.

Symposion II
Obwohl es Platon kaum sagt: Es vermißt
Der Mann das Weib, weil es so niedlich ist.

Andererseits
Das Weh der Welt erfährt beträchtliche
Erhellung doch durch das Geschlechtliche.

Stunde der Sybariten
Die Lust, bekanntlich, ist ein Kind der Nacht.
Man trinkt, sieht fern und schläft sich bei nach acht.

Hauptsache Liebe
Für unverloren schätz ich jede Nacht,
Wo schlaflos ich nach deinem Leibe schmacht.

Zwei Gleiche
Gleichschön, gleichklug, gleichreich. Es geht nur so.
Nur Gleiche werden ihrer Liebe froh.

Eifersucht
Ich habe Freunde, denen tut es weh,
Daß ich die Freundin eben lieber seh.

Geh, müdes Herze

Geh, müdes Herze, geh zur Ruh.
Die du begehrst, gehört dir zu,
Sie hats dich lassen wissen.
Geh und ergib dich dem Geleit
Der Müdigkeit,
Und die Genesung findest du
Von deinen großen Rissen.

Halt endlich still in deiner Brust.
Daß du nicht länger bangen mußt,
Das hat ein Wort entschieden.
All dein Verirren, all dein Fliehn
Ist dir verziehn.
In dieser Nacht, in dieser Brust
Umfängt dich tiefer Frieden.

In dieser Nacht. Denn nicht mehr fern
Steht Helios, der laute Stern.
Es will schon wieder tagen.
Der Liebe grausame Gewalt
Erfährst du bald,
Und besser als dein Unglück lern
Du nun dein Glück ertragen.

Als mein Mädchen zu Besuch kam

Als mein Mädchen zu Besuch kam,
Unerwartet wie ein Lied,
Als ich sie dann auf das Tuch nahm,
Das mein Bette überzieht,
Als die Frösche und die Vögel
Munter quarrten in der Nacht,
Habe ich von Gottes Regel
Besser als zumeist gedacht.

Als mit Lachen und mit Stöhnen,
Als mit zärtlichem Gelüst
An der Schönheit meiner Schönen
Ich mich noch nicht sattgeküßt,
Als der Morgensonne Prangen
Aus den Wiesen sich erhob,
Wußte ich dem Unterfangen
Seiner ganzen Schöpfung Lob.

Diese Nacht war von den Nächten,
Wo der Mensch die Liebe spürt,
Wo die Knoten sich entflechten,
Die man ihm ums Herz geschnürt,
Als mein Mädchen zu Besuch kam,
Unerwartet wie ein Lied,
Und wo ich sie auf das Tuch nahm,
Das mein Bette überzieht.

Vom Alter, den Zeiten und der Liebe

Bestes Herz, auf meinem Weg zum Grabe
Bin ich wirklich froh, daß ich dich habe.
Unter unsern heimatlichen Dächern
Leiden wir die Herrschaft von Verbrechern,

Ja, sogar die mittelhohen Stellen
Sind durchaus besetzt mit Kriminellen.
Kurz, mir ward das Vaterland zur Fremde.
Andrerseits, gern heb ich dir das Hemde,

Wo das angenehme Braun ich ahne
Deiner weiblichen Geschlechtsorgane.
Das ist, wie der Mensch das Leben aushält.
Und bis zu dem Tag, wo sich herausstellt,
Ob ich deinen Sarg begleite oder
Du den meinen, trotzen wir dem Moder.

Was kann mich noch bewegen

Was kann mich noch bewegen
In meiner fernen Zeit?
Ich hab bei dir gelegen.
Mir kommt nichts mehr entgegen
Von solcher Wichtigkeit.

Was soll mir noch geschehen,
Das Höchste ist erreicht.
Das Rad mit allem Drehen
Bringt nichts vor mich zu stehen,
Das dem Gewesenen gleicht.

Nun geh ich fast belustigt
Durchs trübe Hier und Heut.
Mein Herze, das ist schußdicht.
Kein Unglück hat kein Freud
An dem, der es nicht scheut.

Lied mit Worten

Weiber immer, Wein zu Zeiten,
Vom Gesang will ich nicht streiten,
Arbeit, Ehre, Kunst und Marx –
Aber angesichts des Sargs?
Ja, in dieser Sache wissen
Wir nicht Antwort noch Latein:
Wie, wenn wir uns selbst entrissen,
Sollen wir gewesen sein?

Reich an Freude, reich an Bürde.
Reichtum, der ist Menschenwürde.
Reichtum, der ist Menschenpflicht.
Reichtum hängt am Morgen nicht.
Auge füllt und Herz mit Wonne,
Todes süßem Gegengift.
Denn ein Ende kommt der Sonne,
Jedenfalls was uns betrifft.

Doch mit tiefgekühltem Beben
Ganz in einer Frau zu leben,
Ist das höchste Daseinsfest,
Das man satt und gern verläßt.
Trefft mich nur an meinem Grabe,
Fragt mich an dem Schattentor,
Keine andre Rede habe
Ich euch dort zu halten vor.

Schneller, schneller

Schneller, schneller, deine Schuhe,
Wirf sie auf den Teppich hin,
Weil ich gar nicht in der Ruhe,
Aber in Begierde bin.
Fort das Kleid, ich kanns nicht brauchen.
In dein nacktes Fleisch zu tauchen,
Steht mir einzig nur der Sinn.

Jenes Hemd, das mir zu Ehren
Strahlt wie Schwanenfedern rein,
Dünkt mich völlig zu entbehren.
Auch der Schlüpfer muß nicht sein.
Laß jetzt das Zusammenfalten,
Gib mir deinen Leib zu halten.
Komm und ende meine Pein.

Deinen Hintern in den Händen,
Denn zwei Handvoll ungefähr
Mißt er, mag ich mich nicht wenden
Von dir schönem Standbild mehr.
Ah, dein Schoß reibt meine Beine,
Deine Brust trifft unter meine
Und dein Haar ans Kinn mir her.

Hab, zur Tat mich abzureißen,
Die Gelegenheit verpaßt.
Sollte dich aufs Bett hinschmeißen,
Auf dich laden meine Last,
Um mit angenehmem Wüten
Dir die Wohltat zu vergüten,
Daß du mich erhöret hast.

Aber nein, ich bin stattdessen
Zu nichts besserm aufgelegt,
Als dein Herzn an mich zu pressen
Und, im Innersten bewegt,
Bei nur seltnen Atemzügen
Mich mit Horchen zu begnügen,
Wie es mit dem meinen schlägt.

Erster Nu nach der Enthüllung,
Lust, von keiner Lust erreicht,
Wo Versprechen und Erfüllung
Sich im Sand der Schalen gleicht,
Wo kein Glück noch unbegonnen
Und kein Glück schon hingeronnen
Und der Mut so voll, so leicht.

Und das Lärmen des Planeten
Scholl auf einmal minder schrill.
Mir war irgendwie nach Beten,
Falls mir wer das glauben will.
Herz und Sinn und Hände ruhten,
Und für zwei bis drei Minuten
Stand, wie einst, die Sonne still.

O Vorsicht der Frauen

Sie lacht, wenn ich komme,
Sie weint, wenn ich scheid,
Erwägt, was mir fromme,
Und hat es bereit.
Doch daß sie mich liebt,
Das sagt sie nicht,
Und wenn sie mir
Das Herz zerbricht.

Wenn ich Unsinn erzähle,
Hat sie Engelsgeduld,
Und wenn ich sie quäle,
Gibt sie sich die Schuld.
Doch daß sie mich liebt,
Das sagt sie nicht,
Und wenn sie mir
Das Herz zerbricht.

Über Berge, über Flüsse
Sie reist zu mir her,
Daß nicht ihre Küsse
Zu lang ich entbehr.
Doch daß sie mich liebt,
Das sagt sie nicht,
Und wenn sie mir
Das Herz zerbricht.

O Vorsicht der Frauen,
Du Grund aller Pein.
Doch, weiß ich, Vertrauen
Wird stärker einst sein.

Und daß sie mich liebt,
Verbirgt sie nicht,
Und wenn sie mir
Das Herz zerbricht.

Beeilt euch, ihr Stunden

Beeilt euch, ihr Stunden, die Liebste will kommen.
Was trödelt, was schleppt ihr, was tut ihr euch schwer?
Herunter da, Sonne, und Abschied genommen.
Verstehst du nicht, Tag, man verlangt dich nicht mehr.

Mit seinen Droschken und Schwalben und Hunden
Wird mir das ganze Leben zum Joch.
Schluß mit Geschäften. Beeilt euch, ihr Stunden.
Und wärt ihr Sekunden, ich haßte euch noch.

Ich kann nicht erwarten, den staunenden Schimmer
In ihrem zärtlichen Auge zu sehn.
Verschwindet, ihr Stunden, am besten für imer.
Die Liebste will kommen, die Welt soll vergehn.

Regen

Der Himmel ist voll Dampf,
Der zieht sich arg zusammen.
Der Grund, auf dem ich stampf,
Muß allzubald verschlammen.
Die Laune, die ich heg,
Muß sich im Nu verlieren.
Es regnet auf mein Weg,
Das ist nicht gut marschieren.

Von meinem Haus das Dach
Träuft an der falschen Stelle.
Das Dach, das ist zu flach.
Es fehlt ihm am Gefälle.
Das Wasser strömt, als wollts
Die Erde überrennen.
Es regnet auf mein Holz.
Womit soll ich nun brennen?

Ein graulich trüber Schwall.
Es regnet auf mein Hoffen.
Mein Hund kotzt in den Stall.
Mein Esel ist ersoffen.
Mein Essen bringt mich um.
Mein Wein mag mich nicht freuen.
Mein Buch ist mir zu dumm.
Mein Lieben tut mich reuen.

Laß mir deiner Blumen eine

Laß mir deiner Blumen eine,
Eine nur aus deinem Strauß,
Oder ich fall um und weine
Mir vor Gram die Augen aus.

Schenk mir einen Blick beim Scheiden,
Wenn ich geh in fremdes land,
Oder sprich: ich mag dich leiden,
Oder nimm mich bei der Hand.

Gib mir einen Kuß zum Scheine,
Eine einzge Silbe sprich.
Laß mir deiner Blumen eine
Und den Wahn, du liebtest mich.

Sängers Höflichkeit

Frauenzimmer, dies versteht
Ihr sogleich, daß bis zum Schluß
Als ein Ritter und Poet
Ich euch stets verehren muß.
Frauenzimmer, seid gescheit:
Treibt die Sache nicht zu weit.

Alles Recht: ist zugestanden.
Alle Fehler: sind verziehn.
Macht sich Mann und Weib zu Schanden,
Lob ich sie und tadle ihn.
Doch ich bitt euch: seid gescheit,
Treibt die Sache nicht zu weit.

Eure Eitelkeit zu nähren,
Eure Faulheit anzusehn,
Gott und Welt euch zu erklären,
(Und ihr werdets nicht verstehn),
Bin ich willens und bereit,
Außer, ihr treibts allzu weit.

Eure Launen, eure Tücken,
Eure Selbstsucht, eure Gier
Sind mein äußerstes Entzücken.
Ach, ich lieb euch ja, weil ihr,
Frauenzimmer, anders seid.
Treibts. Doch treibt es nicht zu weit.

Wenn ich euch bis heute traue,
Immer wieder es versuche,
Jede dumpf und ungenaue
Regung euch zu Gunsten buche …
Zittert vor dem Augenblicke,
Wo ich euch zurück in eure Küche schicke.

Wo sind die andern Weiber?

Wo sind die andern Weiber?
Die sind zu Haus.
Ich habe dich nur angeblickt,
Dann habe ich sie heimgeschickt,
Die ganzen andern Weiber.
Nun sitzen sie zu Haus.

Was tun die andern Weiber
Bei sich zu Haus?
Sie können nicht vergessen mein
Und müssen allfort traurig sein,
Sie kratzen sich die Leiber
Und sehen gräßlich aus.

Drum fliehe mich beizeiten,
Solang es Rettung gibt,
Sonst ziehst auch du die Lippen kraus
Und schickst die andern Herrn nach Haus.
Die liebt leicht keinen zweiten,
Die mich einmal geliebt.

Das Bad im Freien

Zwischen Haselstrauch und Tanne,
Vor des Zauns bemoosten Streben
Stehet Chloes Silberwanne.
Chloe steht daneben.
Himmel blau und Wolken weiß.
Mandelröschen sommerheiß.
Chloe tunkt ein Fingerlein
Prüfend in das Naß hinein.

Bald schon wagt sie ein paar Spritzer.
Da sie sich vornüber leget,
Wird ihr Busen etwas spitzer,
Als er sonsten pfleget.
Jetzt so hockt sie sich. Und jetzt
Hat sie sich hineingesetzt.
Wenn der Inhalt überschwappt,
Hat das seinen Grund gehabt.

Mit den Knien säuberlich
Auf dem Rand, die Wädchen drüber,
Hat sie die Natur, hab ich
Chloen gegenüber.
Ihrer Füße Lilienhaut
Ist vom Waldweg angegraut,
Und ich fühle: Freundespflicht
Leistet, der ihr davon spricht.

Freilich, wie zu dem Behufe
Ich mich hilfreich ihr geselle,
Was empfängt mich? Klagerufe,
Püffe, Wasserschwälle.

Warten muß ich fern und still,
Bis sie plötzlich wieder will,
Frauenherz, wer dich begreift,
Daß man ihr den Rücken seift.

Gründe der Liebe

Warum muß es die sein,
So hör ich euch fragen.
Ich muß kein Genie sein,
Um hierauf zu sagen:

Der Bund aller Bünde
Hat eherne Gründe.
Ich liebe sie, und
Nun wißt ihr den Grund.

Sie hat schmale Lenden
Und sehr lange Beine,
Die Beine, sie enden
Ganz anders als meine.

Sie hat keinen Bauch
Und winzige Brüste,
Und vieles fehlt auch,
Wo der Hintern sein müßte.

Sie hat just die Länge,
Die ich eben habe,
Wir gehn durch die Menge
Wie Knabe und Knabe.

Sie stiehlt mir das Hemde,
Sie nimmt keinen Puder,
Oft halten uns Fremde
Für Bruder und Bruder.

Sie ist so gescheit
Und trägt eine Brille,
Die Hälfte der Zeit
Vergißt sie die Pille.

Sie hat lila Schatten
Im goldenen Haare,
Sie hörnt ihren Gatten
Im siebenten Jahre.

Sie liest Marx in acht Bänden
Und Hegel und Heine,
Doch die Beine, die enden
Ganz anders als meine.

Wie heißt es bei Paul,
Geborenem Saul?
Habt ihr die Liebe nicht,
Ist schon was faul.

Unterm Weißdorn

Wenn ich geh, bei dir zu liegen
Unterm Weißdorn,
Seh ich schon die Engel fliegen
Überm Weißdorn.
Und sie blasen mit Posaunen
Wie im Zirkus, man muß staunen,
Überm Weißdorn,
Trara.

Wenn ich an den Hals dir falle
Unterm Weißdorn,
Kreist die ganze Himmelshalle
Um den Weißdorn.
Und die Engel in den Schwärmen
Hört man mit Tschinellen lärmen
Überm Weißdorn,
Tschin tschin.

Doch nun lös ich dir die Schuhe
Unterm Weißdorn,
Leg dein blondes Haar zur Ruhe
Unterm Weißdorn,
Und ich heiß die Engel schweigen
Außer denen, welche geigen
Überm Weißdorn,
Schrumm schrumm.

Ach, die Krone ist verblühet
Von dem Weißdorn
Und das Gras hinweggemühet
Unterm Weißdorn.

Doch die Engel sind geblieben,
Weil wir uns für ewig lieben,
Wie einstmals
Unterm Weißdorn,
Trara, tschin tschin, schrumm schrumm.

Freu dich, Liebe

Ich hab eine Nachbarin,
Der ich nicht zu häßlich bin.
Muß nicht weit nach Küssen gehn.
Hab mein Schatz im Hausflur stehn.

Wohnte sie in Thüringen,
Müßte ich nach Thüringen.
O wie reich bin ich belohnt,
Daß sie nicht in Gotha wohnt.

Ich hab eine Nachbarin,
Der ich nicht zu häßlich bin.
Freu dich, Liebe, freue dich.
Nebenan, da nimmt man mich.

Kiefern und Rosen

Kiefern stehen, Rosen blühen
In dem weißen Heidesand.
Von der Liebe großen Mühen
Hab ich mich hierher gewandt.

Unter Kiefern, zwischen Rosen
Lieg ich ganz bei mir allein.
Seligstes von allen Losen,
Einsam und geliebt zu sein.

Glühn im Herd die Kiefernscheiter
Und der Rosenstock am End,
Kehr ich heim und liebe weiter,
Bis auch mich das Glück verbrennt.

Die Welt, schon recht

Die Welt? Schon recht. Doch wenn dein Fleisch sich
straffte,
Wenn anhebt, daß du schön und schöner wirst,
Wenn deine Schönheit sich ins Engelhafte
Verklärt und dann in einem Aufschrei birst,
Und alles Fühlbare in diesem Schrei ist,
Mit dem du aller Wirrsal dich entwirrst
Zu tiefem Ausruhn, und dann nichts vorbei ist,
Die Wirkung nicht des Glücks, unscheidbar in
Dein oder meins, weil zwei schon nicht mehr zwei ist:
Dann erst in Wahrheit schwindet Zweifel hin.

Die Welt, schon recht. Ich liebe, und ich bin.

Anläßlich einer Mainacht

Wenn das Glück sein Füllhorn auskippt, erwarten
Sie nicht Birnen, Trauben noch Rosen. Nämlich
Hierin irren die Maler. Sondern das es
Ihnen um den Kopf haut, das Obst, sind Neid von
Freunden, Abfall von Bundsgenossen und die
Schoflen Bräuche alle dieser zum Leben
Kaum geschickten Rasse. Dennoch, und solches
Redet einer, der weiß, wovon er redet,
Suchen Sie kein Dach auf, wenn das Glück sein
Füllhorn auskippt. Treten sie nicht unter.
Ganz im Bodensatz, hinten, im perlmuttnen
Dunkel einer engeren Windung, wo man
Es schon für leer hält, hebt das Horn das große
Glück für sie auf, das dunkle Glück der Liebe,
Das kein Scherz ist und weit vor dem die Worte
Enden. Aber fragen Sie meine blonde
Liebste, die es auch weiß. Es ähnelt einem
Sturm, der stillsteht, einer Flut, die nicht abebbt.
Eine Ruhe ists, unendlich, aus Freude.

Anläßlich ihrer Autoreise in die nördlichen Provinzen

Dies, o einfallsreicher Daimler, war keine
Gute Idee. Vier Tage lang und Nächte
Hat mein Mädchen die Stadt verlassen. Hätt sie
Müssen zu Fuß gehn, wär sie zu Haus geblieben.
Wird sie mich nun vergessen? Nein, das wird sie
Sicher nicht. Sie ist mir ein treues Mädchen,
Und die Unrast jenes windreichen Landstrichs
Wird sich tief in ihr langes Aug nicht senken
Und an ihrem Ohr sein Brausen vorbeigehn,
Voll genug ja ist sie von mir. Vielleicht gar
Wächst ihr schönes Gefühl noch, unbehelligt
Von seinem Gegenstande. Dennoch: sind wir
Uns nicht fern schon in der Klammer des Kusses?
Muß, daß wir uns beständig zu verlieren
Und zu finden haben, so quälend faßlich
Sein und meßbar an kalkbeworfnen Steinen?
Mein geliebtes, mein bestes Mädchen, muß es
So sehr wegsein, meine Haut so voll Sehnsucht?

Anläßlich der Wiedergewinnung des Paradieses

Vorüber, Liebste, ist das Exil jetzt. Zieh
Jetzt deine dünnere Haut an, die für Glück
Durchlässigere, die sich leicht trägt. Die Luft
Ist sanfter. Anmut ist dir erlaubt. In das,
Aus dem sie dich geschmissen haben, das Land,
Kehr heim, wo nicht die Abgase giftig sind
Und nicht die Abwässer stinkend, wo der Wolf
Hin mit dem Lamm geht und mit dem Menschen selbst
Der andre Mensch, und Ratten kommen nicht vor.
Die furchtbare Zigarette, laß sie jetzt
Unangesteckt. Den Panzer aus Selbstaufsicht,
Der vor dem Feind dich schützt und, leider, dem Freund,
Dem Schmerz und, leider, dem Genuß, häng ihn weg,
Zieh deine dünnere Haut an. Vor dem Tor
Des Lands ja steh ich, und was dem Gabriel,
Dem büffelstirnigen Schließmann, zustieß, daß
Die Hölle sich ihm zwischen dem Stiefelpaar
Durchwürmte: nimmer, Liebste, geschieht mir das.

Selbsterkundung

Der Mensch, von einer fremden Warte
Lernt er erfahren, wer er sei,
Und nur in einem Widerparte
Hat er sein tiefstes Konterfei.
Was ich vollbrächte oder litte,
Ich wüßt es nimmer als durch sie.
Ihr Hintern, ihre nasse Mitte,
Zuckt in der Zange meiner Knie.

Neue Liebe

Neue Liebe, mach es gnädig,
Nicht zu strenge nimm den Lauf.
Allen Kummers war ich ledig,
Lad ihn mir nicht wieder auf.

Zwar, des Gottes dunkle Gnaden
Haben, weiß ich, ihren Preis.
Herzenslust ist Herzensschaden.
Lieb ist Liebe. Und ich weiß:
Wie ein Ungewitter gnädig
Nimmt das Ding jetzt seinen Lauf,
Und des Lebens wär ich ledig,
Lüd es mir nicht Tode auf.

Anmut und Würde

Du mein Ernst und meine Freude,
Du mein Schlendern und mein Ziel,
Meine Freiheit, mein Gebäude,
Mein Gewicht und mein Gespiel.

Weil dein Kuß, dein blühend reiner,
Weil dein reiner Blütenkuß
Mich gemahnt, daß endlich meiner
Ich mich wert erweisen muß,
Bist du meine strenge Freude,
Bist du mein vergnügtes Ziel,
Meine Freiheit, mein Gebäude,
Mein Gewicht und mein Gespiel.

Venus und Stalin

Sie, ihre Füße bandend, trägt kein Kleid,
Das zu durchnässen sie vermeiden müßte.
Sie zeigt dem All in Sommerheiterkeit
Den Hintern und die weltberühmten Brüste.

Er, nebst noch einer Schreibkraft, prüft, erwägt,
Am Saum des Quellbachs hingestreckt, Berichte.
Damit sie Zephir nicht von dannen trägt,
Benutzt er Kieselsteine als Gewichte.

Gelegentlich läßt er das Auge ruhn,
Das väterliche, auf den prallen Lenden
Der Göttin, die, versunken in ihr Tun,
Ein Bein gewinkelt hebt mit beiden Händen.

Ein milder Glanz geht, eine stille Pracht
Unwiderstehlich aus von diesem Paar.
Die Liebe und die Sowjetmacht
Sind nur mitsammen darstellbar.

Hochzeitslied

Haben auf diesen Tag
Lange warten müssen
Wie zwei Tropfsteine,
Ehe sie sich küssen.

Haben uns gesucht,
Haben uns gefunden.
Wollen uns suchen
Bis zur letzten Stunde.

Unsre Liebe, die soll sein
Fest wie Glas.
Ein Glas, das hält fünfhundert Jahr,
Wenn ichs nicht fallen laß.

Frage

Der Uhr zufolg war Tag. In meinem Herzen
Indessen glomm und in den Gaslaternen
Erinnrung an die Nacht. Aber am Fuß
Von den Laternen standen Vögel, groß
Und graue, äußerst mißgestalte Vögel,
Und sangen da aus vollem Hals. Sie sangen
Ganz unrein und ganz glücklich, so wie ich,
Sänge ich je, gesungen haben würde.
Ich frage dich, Geliebte:
Was haben die denn in der Nacht gemacht,
Daß sie jetzt morgens so laut singen müssen?

Wie Sonnenschein im Märzen

Wie Sonnenschein im Märzen
Ist Liebe, die beginnt.
Über die heißen Herzen
Weht noch ein kühler Wind.

Die Glut auf meiner Lippe,
Sie dringt noch wenig tief.
Das Glück steht auf der Kippe.
Da steht es doch nicht schief.

Vollkommen ist die leichte
Lust, die der Frühling schenkt,
Weil nur das Unerreichte
Nicht an Sterben denkt.

Werd ich mich je erwärmen,
Der ich so lange fror?
Die ersten Vögel lärmen
Und haben vieles vor.

Vorbehalt und Hoffnung

Mein schönes Kind, du hast sehr zarte Glieder
Und ein sehr eigenes Gesicht.
In dir erkenne ich nicht tausend wieder.
Bis jetzt noch nicht.

Ich sehne mich, das ist mir wohl bewußt,
Nach einer ganz bestimmten Lust
Von meinem Maß und Zuschnitt. Und ich scheue
Da keinen Preis. Nicht einmal den der Treue.

Der Mensch, wenn er was will im Leben,
Bekommt er, was er nicht gewollt, zumeist.
Die einsichtsvollen von den Göttern mögen geben,
Daß du es seist.

Frage nicht, ob Liebe lohnet

Frage nicht, ob Liebe lohnet,
Frage alles, nur nicht das.
Ende, das im Anfang wohnet,
Färbt die Mitte leichenblaß.

Frage nicht, wie lang es daure,
Mach uns nicht das Starksein schwer.
Dank das Glück dem Glücke, traure
Nicht die Trauer von nachher.

Lebens blühende Entwürfe
Drängen tief in dir ans Licht.
Freilich, fragst du, ob man dürfe,
In dem Falle darf man nicht.

Denn die Knospe wird zum Sarge,
Die den Winter scheut im Mai,
Und Vorhersicht zieht das Arge,
Das sie meiden will, herbei.

Ein Gleichnis

Du hast am Abend Licht gemacht.
Ich war dein neuer Mann.
Das Licht ging aus zur halben Nacht
Und ging dann wieder an.

Lieg stille, Freundin, liege still,
Auch wenn die Flamm nicht brennt.
Ob sie nicht wieder brennen will,
Die Nacht ist nicht am End.

Lieg stille, Freundin, liege still,
Im Docht ein Funke glimmt.
Wenn du mich morgen hassen wirst,
Kann sein, daß es nicht stimmt.

Tränen

Als ich dich zu Bette legte, liefen
Dir die Tränen in die weiße Beuge
Deines Arms, als ob in Abgrundstiefen
Sich, jedoch woraus? ein Meer erzeuge.
Und nun rann es unter deinen Haaren.
Feststand eines: daß wir glücklich waren.

Lautlos trug ich noch die Aschenteller,
Bis auf meinen, und die Gläser fort.
Nach dem Hof hin ward der Streifen heller
Zwischen Jalousie und Fensterbord.
Still auch du, weil du es höflich meintest.
Doch was half dein Stillsein, da du weintest?

Und ich saß am Fenster, und ich sog
Stumm an dem Tabak in meinem Munde.
Zwar ich blieb, damit der Rauch abzog.
Und du weintest, und aus keinem Grunde.
Seltsam war: dein ursachloses Weinen
Wollte mir nicht unbegreiflich scheinen.

Zur Güte

Mein Kind, du bist zur Ehrlichkeit gelaunt.
Du willst die Sache klarer, also schlimmer.
Daß unser Glühn verlosch, macht dich erstaunt?
Wer liebt schon feurig? Und wer liebt schon immer?

Wer liebt schon immer? Aber auch der Schein
Der Liebe wird in solchen Zeiten selten.
Das bißchen Wärme, bißchen Höflichsein,
Es sollte unter Kennern höher gelten.

Ist nicht der Mann dem Weib, das Weib dem Mann
Ein Grund des Freuns, so gut als Wein und Rosen?
Ist nicht Haut Haut, Haar Haar? Und wo es an
Der Liebe mangelt, bleibt nicht das Liebkosen?

Die heitre Täuschung gutgemeinter Lügen,
Du weist sie von dir, kleiner Wahnverächter?
Ich wollte mich mit wenigem begnügen.
Doch keine Sanftmut mehr eint die Geschlechter.

Ohne Groll

Heute Nacht aus langem Rausche
Bin ich endlich aufgetaucht.
Mein Entschluß ist aufgebraucht
Und mein Leiden. Und ich lausche,
Während ich Genesung spüre,
Dem Geplätscher deiner Schwüre.

Und ich hoffe, daß sie lügen.
Falls du liebtest, wärst du schlecht.
Nur der nicht liebt, darf mit Recht
Falschheit so an Falschheit fügen.
Schöner Vogel schwanzlos,
Jetzt bist du mich los.

Völlig locker bei der Sache,
Treib ich zwischen deinen Knien
Letzte Quelquechoserien,
Und ich wünsch dir, frei von Rache,
Einen neuen Lieb- und aber
Niemals einen Unliebhaber.

Der Schuldner

Du hast zu mir die Lieb empfunden,
Die einem wie ein Blitz geschieht,
Die alle früh und späten Stunden
Mit Hochbedeutung überzieht.
Ich lieb dich minder. Doch ich sage,
Ich lieb dich sehr, auf deine Frage
Und schau dich voll des Dankes an.
Daß ich dir hierin dienen kann.

Die Frau, zu der ich abends geh

Die Frau, zu der ich abends geh,
Sie ist ein liebes Ding.
Vor ihrem Hause lag der Schnee,
Als ich zum ersten Mal hinging.

Vor ihrem Haus blüht jetzt ein Strauch.
Das frühe Jahr kam spät.
Man fragt sich manches und so auch,
Warum man immer noch hingeht.

Das Meiste hat doch keinen Sinn,
Was einer tut und läßt.
Der Ostwind stinkt nach Tugend,
Nach frischen Gräbern stinkt der West.

O Welt, o stolz und dumme Welt,
Wie hab ich dich geliebt.
Du nahmest mich mit einer Kält,
Die dir mein Herz nicht mehr vergibt.

Mir sagt die Frau, zu der ich geh,
Daß ich ihr Alles sei.
Ich hab sie gern, soweit ich seh,
Und sechzig Jahr sind schnell vorbei.

Des Mannes Liebe wohnt im Herzen

Des Mannes Liebe wohnt im Herzen,
Dort ist er ihrer sich bewußt.
Drum kann er mit der Liebe scherzen.
Wer reißt das Herz ihm aus der Brust?

Des Weibes Liebe wohnt in Worten,
In Seufzern und dem Augenschein.
Drum aller Weilen aller Orten
Muß sie der Lieb versichert sein.

Dem Mann, ihm sind die Zweifel ferne,
Dran es dem Weibe nie gebricht.
Drum sagt das Weib zum Mann so gerne:
Treuloser, ach, du liebst mich nicht.

Kleine Freundin vorm Spiegel

Das Kind, das meinem Bett entsteigt
Mit rabenschwarzem Haar,
Wie unbefangen sie mir zeigt,
Woran doch nichts zu loben war.

Jetzt hat sie einen rosa Slip,
Sie ist fett für ihr Alter,
Und jetzt, daß ihre Brust nicht wipp,
Einen schwarzen Büstenhalter.

Dann hat sie noch ein kurzes Hemd,
Sie sagt, es ist ein Kleid.
Die Jugend ist mir ziemlich fremd,
So ungeniert und so verklemmt,
Ich seh ihr zu, wie sie sich kämmt,
Und tu mir leid.

Der schüchterne Kasper

Wenn ich lache, lachst du wieder,
Wenn ich nahe, nahst du dich,
Gerne sitzt du bei mir nieder,
Gretel, das ermutigt mich.

Wenn ich deinen Arm berühre,
Sagst du sanft und mütterlich:
Ich verschließ nur rasch die Türe.
Gretel, das ermutigt mich.

Wenn ich noch das Leibchen freileg,
Machst du schon die Beine breit.
Ob ichs wag und mich dir beileg?
Herrlich ist Verwegenheit!

Klosteridyll

Es sprach ein Mönch zu seiner Nonne:
Komm her, du meine Herzenswonne,
Ich bin noch jung, du bist noch schön,
Laß uns geschwind zu Bette gehn.
Noch ist mein Körper schlank und sehnig.
Noch blühst du rosigen Gesichts.
Wenn wir erst alt sind, sind wir wenig,
Und wenn wir tot sind, sind wir nichts.

Nun ging, indem der Mönch so sprach,
Der Abt just durch ihr Schlafgemach
Und hörte das erhitzte Paar
Und sah den Zustand, worin es war.
Ab, Kinder, rief er, in die Kissen,
Verschafft euch eine frohe Nacht.
Ich selbst will eben zur Äbtissin,
Wir sehn uns dann zur Frühandacht.

Kurze Nacht

Der Küsse, Liebster, sind genug.
Es ging der erste U-Bahnzug.
– So mag er gehen doch.
– Es ist das silbergraue Licht
Des Morgens, das den Traum zerbricht
Und ruft mich fort ins Alltagsjoch.
– Bleib, Liebste, liegen noch.
Soll Arm von Arm und Bein von Bein
So grausam balde scheiden?
Laß, du mein schönes Leiden,
Mich deine Freude sein.
– Nur einen letzten Kuß. – O gib
Noch einen zu. – Ich hab dich allzu lieb.

Die zweite U-Bahn dröhnt vorbei.
Erbarm dich, Liebster, gib mich frei.
– Was hast du ihrer acht?
– Der Sperling rät, der Postfrau Trab
Von meiner Lieb und Torheit ab.
Wie war mein Weilen unbedacht.
– Nacht, rosensüße Nacht,
Die du mit Seligkeit beschwert
Die Fasern meiner Lenden.
Es kann, es darf nicht enden,
Was nie mehr wiederkehrt.
– Dann einen letzten Kuß. – O gib
Noch einen zu. – Ich hab dich allzu lieb.

O laß mich, Liebster, es ist spät.
Das ist die Tram schon, die jetzt geht.
– Mein Schmerz du, mein Begehr.
– Mein guter Mann hat nie gemocht,
Daß er sich selbst den Kaffee kocht,
O mach mir nicht die Trennung schwer.
– Ich laß dich nimmermehr.

Kein Brausen dieser Welt vertreibt,
Kein Morgenwind kann kühlen
Die Not in meinem Fühlen,
Wenn mir dein Mund nicht bleibt.
– Ich kann ja nicht. Ein Kuß – O gib
Noch einen zu. – Ich hab dich allzu lieb. –

Zu rührig, Leute ihr, zu eilig, Wagen,
Euch soll dies Lied ob eurer Schuld belangen.
Daß ihr die schmale Schattenwohnung meines Glücks
zerschlagen
Und daß mein Lieb so schnell nach Haus gegangen.

Hermine

Hermine stand am Wolkenstore
Und blickte bang hinaus.
Ihr rundes Hinterteil sah vor
Dem Tüll ganz reizend aus.
Die Sinne fliehn …
Jetzt ahnt sie ihn …
Er biegt ums Eck von Sankt Marien.

Der Liebste lag im Bett und fror.
Herz, laß mich nicht allein!
Hermine steht am Wolkenstore
Und mag nicht zärtlich sein.
Die Sinne fliehn …
Jetzt ahnt sie ihn …
Er biegt ums Eck von Sankt Marien.

Der Gatte klopft ans Eichentor.
Weshalb hast du den Riegel vor?
Der Liebste fährt ins Stiefelrohr.
Hermine steht am Wolkenstore.
Wohin, wohin?
Ein Abendglühn
Webt Rosen über Sankt Marien.

Endymion

Einst in einer Nacht, die klar,
Doch natürlich mondlos war,
Schlief ich im Gehölz, dem warmen,
Und alsbald in meinen Armen,
Wie vom Mond herabgestiegen,
Fand ich eine Dame liegen.
Ihren Silberarsch, den kleinen,
Schien ihr angebracht, auf meinen
Oberschenkel hinzubetten
Und damit vor Schmerz zu retten.
Voller Piniennadeln lag
Nämlich Latmos' Hain und Hag.

Hiernach hob sie selbstbewußt
Ihren Kopf von meiner Brust.
Wissen Sie, so sprach sie, daß
Höchste Huld ich walten lass,
Und daß ich Selene bin,
Die beliebte Mondgöttin.
Ich besah Sie oft von oben,
Ohne Sie zu sehr zu loben,
Aber mein Interesse galt
Ihrer schmucken Mannsgestalt.

Wie des Sommers Brise leidet,
Waren wir nur leicht bekleidet,
Mein Besuch mit einem losen
Schleier, ich mit Baumwollhosen.
Und sehr rasch sind uns im nächtlich
Lauen Dunkel die geschlechtlich

Beiderseits erregten Mitten
Zueinander vorgeschritten.

Nähres läßt sich nicht erzählen.
Denn sie übte einen Seelen-
zauber, daß, auch wenn ich wollte,
Ich mich nicht erinnern sollte.
Deutlich ist mir, was geschah,
Bloß vom wie ist nichts mehr da.
Fünfzig Mal, so viel steht fest,
Hat sie hier im Liebesnest,
Rittlings über mich gebeugt,
Eine Tochter sich gezeugt.
Just die fünfzigste erst neulich.
Gar kein Streit, es war erfreulich.
Doch ich kann bei dieser Frau
Mir nicht merken, was genau
Zwischen mein- und ihrem Fleisch lief,
Als sie mir im Walde beischlief.

Dornröschen

In einem rosa Höschen,
Die Knie bis an dem Kinn,
So fand ich mein Dornröschen,
Die holde Schläferin.

Ich setzte auf dem Linnen
Mich nieder, wo sie lag,
Und bot, um zu beginnen,
Ihr einen schönen Tag.

Und ist es schon am Tage?
Es wispert als ein Haupch,
Was auch die Glocke schlage,
Ich schlaf tagüber auch.

Da mußt ich mich erdreisten,
Da küßt ich sie geschwind,
Und dorthin, wo die meisten
Küsse von Wirkung sind.

Da glitt ein müder Schimmer
Ihr übers Angesicht:
Mon Prince, ich schlafe immer,
Ob man mich küßt, ob nicht.

Zuflüchte

Wie es sich lebt in dieser Zeit, ich weiß es nicht.
Ich wählte eine Liegenschaft mir, die, so weit
Der Blick vom Turm reicht, wie in allen Zeiten ist,
Die Birken wie vor Alters, wie seit je das Moor.
Wie es in diesem Jahr sich liebt, ich weiß es nicht.
Ich fand mir eine Liebste, die nicht anders als
Der Nymphen Brauch war und Natur empfiehlt, den Arm
In treuer Neigung um mich schlingt. So, wohlgestärkt
An Aug und Herz, im Häusermeer gelegentlich
Besuche ich die neuesten Fraun und sinne, wie
Zu machen ging, das so bekömmlich ihr Geräusch
Einst zu vernehmen wär wie eines Hunds, der bellt.

Verlorner Eifer

Ich kann ohne Liebe nicht bleiben,
Ich bin so ungern allein.
Ich kann auch nicht weniger schreiben,
Mir fällt zu vieles ein.

Die Weibs- und Leserpersonen
Danken mir nicht nach Gebühr.
Ich sollte mich besser schonen.
Wenn ich nur wüßte, wofür.

Richtigstellung

Um die Dinge einmal wieder
Ins gehörige Verhältnis zu setzen: ich bin
Ein Eichbaum, ich singe mit tausend Vögeln.
Über mir geht die purpurne Sonne auf, das
Ist deine Liebe. Vorn, links unten,
Sehen Sie einen kleinen, grünen Gallapfel,
Das ist die Welt.

An die Tugend

Tugend, keinen Dank bedarfs. Unstreitig,
Vieles Edle wirkte ich im Stillen.
Doch die Achtung wär nicht wechselseitig.
Nichts davon geschah um deinetwillen.

Lieber als Gewissenslohn genieße
Pralle ich und liebesfeuchte Leiber,
Was ich für die Menschheit unterließe,
Tu ich immer gerne für die Weiber.

Die Sonnenblumen

Den Sonnenblumen sind die Köpfe abgeschnitten.
Bald kommt das erste Eis den Fluß herabgeglitten.
Zu Dunst zerfließt der Mond, der Wald und Flur beschien.
Der Sommer weicht. Und nun er weicht, vermißt man ihn.
Im Roggenfeld, wo her und hin die Nebel wehen,
Sieht man den Teufel gehn und seine Disteln säen.
Im Haufen fault das Laub, vom gelben Baum gefacht.
Doch ist all dies der Quell nicht, der mein Elend macht.

Denn zürnte mir ein Gott dermaßen, daß er hinter
Dem viergeteilten Jahr, Lenz, Sommer, Herbst und Winter,
Ein fünftes Wetter schüf und überzählge Zeit,
Wo aufbräch aller Haß und schlimme Möglichkeit
Im Schoß des Seienden, wo Felsenbäche brausten
Aus berstendem Gebirg und Trümmerstürme sausten,
Wo sich der träge Stoff, empört aus seiner Ruh,
Erhöb und regnete vom Grund dem Himmel zu,

Wo die Verwandlungen aus ihrer Kette sprängen,
Bis Willkür Raum gewänn, als Glied sich einzuhängen,
Und aller Weltbestand, spräch aller Regel Hohn
– Schüf er, so sagte ich. Und schuf er denn nicht schon?
Dies Wetter, wo Verein sich löst und Halt der Kräfte,
Ist wohlbekannt. Es heißt: die menschlichen Geschäfte.
Der vielen Herbste Herbst, Schwund ohne Neubeginn,
Sieh dir die Menschheit an. Lebt sie nicht längst darin?

Drum glaub mir: es vermag aus meinem Wohlbehagen
Kein viertes Viertel mich, kein fünftes mich zu jagen.
Womit, mit welchem Grau, Natur mich auch umgibt,
Geliebt, erheiterts mich. Und quält mich, ungeliebt.

Das starke Triefen nicht des Pfads stimmt mich
verdrossen.
Mein Leid ist nicht vom Frost, es ist von dir beschlossen.
Wärst du mir nur zurück und wie zuvor geneigt,
Ich säh den Rauch ganz gern, der in den Feldern steigt.

Seit du dabist

Seit du dabist auf der Welt,
Seit du mit mir lachst und schweigest,
Seit du mit mir liegst und steigest,
Seit auf dich mein Jammer fällt

Und in blöder Tage Lauf
Kämpfend du mit mir ermüdest,
Lächelnd, Himmlische, als lüdest
Du dir eitel Wonne auf,

Weiß ich endlich, was mich hält,
Daß ich nicht in Tollheit ende.
Ganz verbindlich schüttl' ich Hände,
Seit du dabist auf der Welt.

Am Scheideweg

Wenn Liebe mir am Leben zehrt,
Lieb ich doch immer fleißig.
Undeutlich ist des Lebens Wert.
Den der Liebe weiß ich.
Ich hab geackert vierzig Jahr,
Es ward mir bös gedankt.
Nun soll es sein die Nachwelt gar,
Die sehr nach mir verlangt.

Die Nachwelt rollt an mir vorbei
In weiß und rosa Kissen.
Da hab ich den Verdacht, als sei
Sie heute schon beschissen.
Mein Denkmal auf der Hacksallee,
Von Zukunfts-Volk umwühlt –
Wenn ich diese Kinder seh,
Schwant mir, was es fühlt.

Ich lieb nicht schlechter, als ich schreib,
Bin ja dasselbe Wesen.
Der Unter- wie der Oberleib
Hat seinen Marx gelesen.
Und wann ich den Entschluß gefaßt?
Mein Engel, als ich fand,
Wie gut du mich begriffen hast
Mit deiner Engelshand.

III Liebesstudien

Die Spalte

Weither auf langen Straßen kam sie, die Ärmste, gereiset,
Ihrer Rückkunft in Pein hatt ich gewartet. Erschöpft
Waren wir beide daher, als wir Arm in Arme uns lagen.
Zwar, wir schliefen just nicht, aber wir wachten
doch kaum,
Sondern kosten einander, die übergewichtigen Lider
Gegen des kraftlosen Augs untere Hälfte geneigt.
Und so sehr benahm uns die Liebe jeglichen Sinnes,
Daß der Ort uns zerfloß und die Gemarkung der Zeit,
Bis der Morgen das Dunkel aufhob, das mild war
und anders,
Als die unwärmende Nacht meist dem Germanen
erscheint.
Alles weiß ich von jener Nacht, und stets werd ichs
wissen.
Denn in die Spalte hinab zwischen Bewußtsein
und Schlaf,
Haarfein sonst, doch diesmal durch süße Erschlaffung
geweitet,
Niedersank, was geschah, bis auf den innersten Grund
Mir des Herzens und liegt da, verwahrt und nimmer
berührbar
Von jedwedem, was je wieder das Herz mir bewegt.

Süßer Ernst

Monde kamen, entschwanden. Zwei Mal um die Achse der
Erde
Nun im Weltenraum schon drehete Braundenburg sich.
Und wir begehrten uns noch und waren einander ergeben.
Und noch flaute nicht ab, was vor zwei Tagen begann.
Alle Knochen des Hirns und alle Gelenke der Seele
Schmolzen und hatten den Punkt süßesten Ernstes
erreicht,
Wo der Liebe Bewegungen langsam und notwendig
werden
Wie die Umwälzungen droben des Sternengewölbs.
Von der niedrigen Decke hingen gedorrete Rosen,
Blumenheu. Unverblüht strömte es staubigen Duft.
Nachts ging, und Tags, der Nachtigall rege gemurmeltes
Schluchzen.
Nicht verrinnt uns die Zeit, sondern sie findet nicht statt.

Trockne Schöpfung

An den Birken hängt jeder Zweig. Sie gedeihn in
verdrossener
Anmut sehr schnell. Überall zipfelt der Ginster und ragt
Aschendüster und ruppig, der Winter war wieder ein
kalter;
Lindgrün immerhin treibts zwischen den Reisern heraus.
Wieder andre Schatten werfen Eichen und Weiden.
Über das gelbe Gras oder das knirschende Moos,
Das bei silbernen Flechten im regengehämmerten Sand
steht,
Fallen sie mittäglich knapp. Hier von Lerchen ein Volk
Übt, und da, den Humpelflug. Dort sitzt der weinende
Vogel
Bussard auf einem Klotz kräftig gebündelten Strohs.
So mit Gewinn beschau ich die hasenbergende Heide
Von einem Findelstein heitern Gemütes herab,
Und wie der Spatz im gescharrten Trichter am Fuß des
Wacholders
Trocken sich reinigt, in ihr gönnt sich ein Sandbad mein
Aug.
Schätz ich dich, trockne Schöpfung, zu hoch? Freud aus
Östreich versichert,
Daß wir den Gegenstand stets überschätzen der Lust.
Aber mit Tatsachen dien ich. Jedes, ich schwörs, deiner
Brüstchen,
Trocknes Geschöpf, für sich wiegt seine einhundert
Gramm.

Schloßmuseum zu Weimar

Wahrlich, ein muntres Mädchen ist sie, ein übermuntres.
Sei sie in vielem ein Kind, aber von Traurigkeit keins.
Kaum den beschwerlichen Weg zurück vom Schloßberg
herunter
Zum Elephanten gelegt, füllt schon das Bette der Witz
Ihres belustigten Hinterns, ihr Schoß, bewachsen mit
Wollgras,
Regt sich und hüpft. Und mehr Spaßhaftes sinnet sie und
Küßt und nagt und knabbert und schafft sich drollig
Erlösung.
Trillerartig und flink, ganz wie ein Igel sich kratzt.
Aber wenn sie müd wird, wird sie durchsichtig. Gleich den
Beeren des Jan de Heem schimmert von innen sie dann.

Nachtfrost

Kaum August. Doch die Liebste, sie hofft des frühesten
Nachtfrosts.
Hinten im täglichen Blatt sucht sie die Meldung davon,
Blickt auf das Wasser im Napfe, ob es denn gar nicht zu
Eis fror,
Geht an den Dahlien vorbei, unfroh, sie leuchtend zu
sehn.
Und sie schmält mit der Sonne und lobt den Nordsturm
und rechnet
Jedem Baum zum Verdienst jedes entschwebende Laub.
Sag uns, Schöne, warum ersehnst du den klirrenden
Umschlag,
Der dem Seienden Tod nur, oder Mühe, beschert?
– Ach, ihr wißt nicht, der böse Liebste, in Wäldern, so
sagt er,
Hat er und Sümpfen zu tun. Aber wenn Kälte die Nacht
Unwirtlich tönt, in meine wärmenden Arme doch kehr er
Aus den Wäldern mir heim, mir aus den Sümpfen
zurück.

Lieb und Leiden

Herbst tritt ein. Dissidenten reisen wie Kraniche westwärts.
Wie überwintern? Ich brech Nadelgeäst für den Herd.
Nämlich unbedingt warm gilt den Kopf es zu halten. Ein klammer
Schädel dichtet nicht gern, alles gerät ihm zur Pein.
Was ich tu oder lasse, es ist zum Besten des Landes.
Aber dem Vaterland paßt das nun gar nicht so sehr.
Eher Bescholtne bevorzugts, Leute mit scheuem Gewissen;
Wenn in Schwärmen sie gehn, wenigstens stören sie nicht.
Zwei nur sind, die mir lohnen: ich mir, denn Tugend schafft Kurzweil,
Und die Geliebte, die, selbst edel, edel mich will.
Dankbar küß ich ihr Lächeln. Bei ihr bin ich gut noch dran, freilich
Gut dran ohne die Welt. Mitten im Küssen beneid
Ich die Söhne des künftgen Geschlechts um die künftigen Töchter,
Um ihren Kuß, dessen Lust nicht dem Verdrusse entspringt.

Von den Rechten des Weibes

Von den Rechten des Weibes fehlt ihr das beste noch immer:
Das, im reiferen Jahr stärker umworben zu sein.
Ich – und böt mirs die zeitumkehrende Gottheit – nie wieder
Möcht ich sein, der ich war. Gern werd ich stets, der ich soll.
Und es wohnt mir kein verstecktester Eifer im Busen,
Daß ich dem ernsten Gesetz mich meines Alterns entreiß.
Nämlich der Mann, seinem Wesen fügt er dauernd an Wert zu,
Und was an Wert er gewann, wird in der Liebe gezählt.
Stolz seine Furchen zeigt er und ergrauenden Haare,
Heiter, die Liebste im Arm, wandelt des Wegs er vorbei
An dem Jüngling, dem honigfarbnen, welcher die Muskeln
Vor dem kichernden Volk minder beobachtet rollt.
Aber die andre, die Frau, wer auf ein gewürdigtes Alter
Raubt ihr den Anspruch? Genießt jene nicht tiefere Lust
Als das törichte Mädchen, und schenkt sie nicht ungleich viel tiefre?
Ist nicht von eignerem Reiz ihre geprägtere Stirn?
Sind Gespräch und Gefühl an ihr nicht Ziel des Verlangens?
Sie liebt den Geist, und der, meint er, ihn hat, liebt ihn nicht?
Das sind Fragen, worauf mir keiner geschwinde entgegnet.
Stilleschweigend vielmehr gehn die Betroffenen beiseit.

1.8.1973

Ulbricht leider ist tot und Schluß mit der Staatskunst in
Deutschland.
Immer mächtiger treibts mich in den Goethe hinein.
Zieh jetzt, Freundin, dein Herz nicht zurück. Als letztes
sonst bleibt mir,
Einzutrimmen die Kunst einer barbarischen Zeit.

Mißmut

Mißmut färbt meine Tage. Die Nebel gehen. Der März ist
Nämlich des Winters ein Mond. Ferne noch weilet und mehr
Südlich der Lenz. Und entläßt die kräfteverschlingende Arbeit
Mich in die Furten der Stadt, gleich aus den Eckkneipen rings
Schauen die Bummler und sprechen mitsammen und sagen, ich wäre
Gar nichts wert. Und vergrätzt ob der Besorgnis, ob je
Mir zu verlernen geling, mich über ihr gutes Gewissen
Zu verwundern, den Weg schleich ich, den schadhaften, heim.
Gramvoll also dehnt sich die Frist mir vom Morgen zum Abend.
Aber nächtens im Glück wetteifert keiner mit mir.

Das Ende

Gern beschwörst du das Ende unserer Beziehung.
    Warum nur?
Weil meinen Wankelmut du oder den deinigen kennst?
Weil dies Äußerste, meinst du, nicht währen kann,
    oder einfach,
Weil mein beteuernder Kuß so deinen Lippen behagt?
Was da nun sei und davon sich denken ließe,
    das Zeichen
Nennen will ich dir jetzt, wann es vorbei ist bei mir:
Wenn ich je schlecht oder gut zu dir war. Will sagen,
    sobald ich
Etwas aus anderem Grund je als aus Liebe dir tat.

Luna

Wie sie den Mond erforschen, das ist ja fabelhaft tüchtig.
Erst, aus Röhren, von vorn, später, aus Kugeln, von hint.
Jetzt also stapfen sie schon in seinem Schotter und
stochern
Dunkle Geheimnisse auf. Sicher in kürzester Frist
Werden sie über sein Inneres tausendfach Auskunft
besitzen.
Ich meines Ortes, mir reicht völlig, daß heut er mir
scheint
Und, so wie er verläßlich schien zu Endymions Zeiten,
Morgen, wenn ich dich treff, scheinen noch wird mit
Verlaß.
Nichts, wenn ich weiß, du kommst wieder, drüber zu
wissen, verlangts mich.
Sei mir beständig zur Nacht, küß mich, behalte den Rest.

Anruf

Was hast du heute erlebt, und was wirst du morgen
erleben?
Sag es ausführlich; mich quält, daß mein Geschäft mir
verwehrt,
Dich zu bewachen in deiner allzeit mangelnden Vorsicht.
Welche Gefahren dem Kind drohen, begreift es ja nie.
Gingst die Straßen du langsam, die holprige? Hast keinen
Tropfen
Meines Empfindens verschwappt du aus dem randvollen
Krug
Deines Herzens? Trafst Du Leute, vermutlich. Vermutlich
Wieder die falschen. Versteh, Schreckliche, alle sind falsch,
Wenn mit dem Schwamm sie ihrer laut und dringlichen
Reden
Offnen Diebstahl begehn an deiner Seele Besitz.
– Derlei äußre und, schlimmer, fühl ich. Und bin doch kein
Feigling.
Wie, wer irgend dich kennt, weiß ich, wie frech du dir hilfst.
Feinden wünsch ich den Galgen, mir selbst versprech ich
nur Bestes.
Einzig mit Sorge füllt jedem die Liebe den Tag.

Brauch

Neue Bezirke und immer wildre durchläuft unsere Liebe.
Neue Räusche erdenkt, neue genießt sie. Kein Tag
Ähnelt dem, der war oder folgt. Doch ängstlich an jeder
Roten Ampel, wie einst, will ich bis heute von dir
Auf die begehrlichen Lippen mit Sorgfalt geküßt sein.
    Wir hüten
Unserer Liebe Bestehn in dem gehüteten Brauch.

Tages Arbeit

Wie ich den Abend verbracht? Der Folge nach will ichs dir schildern.
Eine Stunde zunächst stellt ich im Herzen mir vor.
Ob nicht süß sein müßte und lustig, dir, Liebste, zu betten
Auf den Schenkel den Kopf. Und ich erwog es mit Fleiß.
Hiernach stellt ich mir vor, du bettetest auf den Schenkel
Mir den Kopf. Es erschien süßer der Einfall mir noch
Als der erste und lustiger. Eine weitere Stunde,
Ihn erwägend mit Fleiß, gab, eine volle, ich dran.

Aber dann befiel mich die Frage, Besinnung erheischend,
Ob wir nicht beide zugleich liegen so könnten, mein Haupt
Dir auf dem Schenkel und mir am entsprechenden Orte das deine.
In das bedeutende Bild gründlich versetzt ich den Geist.
Und mit solch entzücktem Erwägen füllte die dritte
Ich der Stunden. All dies treulich besorgt, bin ich hier.

Plappern

Wenn sie kommt, läuft die Zunge und muß mir alles
erzählen,
Und der leiseste Stoß bringt sie zum Plappern. Denn auf
Noch in leere Bewegung löst sich die Spannung des Tages,
Bis sie stiller mir wird und ich den Honig der Lust
Mählich senken kann in die zierlichen Glieder. Nun liegt sie
Schweigend, mit Süße beschwert. Wenn ich dann gehe,
allein
Läuft noch ihr rundlicher Hintern und muß mir alles
erzählen.
Und zum Plappern bewegt leisester Anstoß ihn noch.

Freundlichkeit

Was sie immer seien, freundlich, das sind sie selten.
Aber Freundlichkeit ist, deren der Müde bedarf,
Wenn von ungern verrichtet und edelsten Werken er
ausruhn
Möchte zu anderm und mehr freudebewirkendem Tun.
Warm überglänzt steht der Tisch mit Kerzen, der Toast
und der Tee warm,
Schimmernd spiegelt im Glas sich das umklöppelte Tuch,
Alles mit herzlicher Absicht und wie du mein Wünschen
bedachtest,
Auch am gewöhnlichen Ort polstert das Kissen die Bank.
Selbst ja das Nachthemd, das blaue mit den rötlichen
Borten,
Liegt auf dem Bette bereit. So sehr errietest du mich.

Blumen schenkt mir die Liebste

Blumen schenkt mir die Liebste und hat mich also
verstanden
Und bezweifelt das nicht, daß ich empfinde wie sie.
Schlipse so denkt sie, besitzt er, Zigarren kauft er sich,
Hunger
Leidet sein Magen kaum, aber, wie meines, sein Herz.
Aber daß roherfühlend der Mann nicht sein als die Frau
muß,
Woher weiß sie das denn? Weil sie stets gut ist, wohl sind
Alle stets gut zu ihr, und nicht durch Erfahrung
verängstigt.
Gibt sie mir Liebe und gibt liebliche Tulpen und sich.

Blumen schenkt mir die Liebeste (2)

Aber als, den Strauß im Arme, ich heimging, inmitten
Gähnte des städtischen Beets, seltsam dem ähnlich, ein
    Fleck.
Und die Gewißheit fuhr, die schlimme, durchs Hirn mir.
    Ich wandte
Auf dem Fuße mich um. Her, und zur Rede gestellt:
So ja geht das nicht! – Und warum nicht? – Nämlich,
    wenn alle …
– Dich überhäuften wie ich? Das also hättest du gern!
– Nein, du weißt, was ich meine. – Weiß ichs? Ist dir das
    Böse
Nicht besonders genehm, das dir mein Lieben bezeugt?
– Sicher, halb nur zürn ich. Nicht rauben nur, fühl ich,
    auch morden
Wolltest du herzlich für mich; sicher, ich lieb dich dafür.
Freilich mehr noch, als für das Schwerere, würd ich dich
    lieben,
Könntst du aus Neigung zu mir sacht der Gesittung dich
    nahm.
(Sprachs, und hatt es gesagt. Doch nimmer, wußt ich,
    gebessert
Wird durch Liebe das Weib, sondern gebessert durch
    nichts).

Amor vincit

Das von der Welt und das von der Kunst und das von der
Tugend.
Süßre Erwägungen laß endlich nun dehnen dein Herz.

Erziehung der Gefühle

Als ich dich lieben lernte, warst du der reizendste
Jüngling,
Langhineilenden Beins gingst du mit ernstem Gesicht.
Aber unter meinen Küssen reiftest du weiter
Zu des vertrauenden Kinds mägdlicher Unschuld bereits.
Drei nun sind der Stufen, worin alles abläuft. Am Gipfel
Steht meine Leidenschaft wohl, stehet dein Wachstum
noch nicht.
Fort jenes äußerste Lieben üb ich, welches Geduld heißt,
Und ein betörendes Weib hoff ich in dir noch zu sehn.

Die Begünstigten

Der Genien würdigste sind uns gewogen.
Kühnheit, uns floh sie nicht. Witz blieb nicht ferne.
Die Schönheit trat hinzu mit ihrem Sterne.
Kunst hat uns, und vergebens nicht, erzogen.

Und auch sie selbst, die Liebe, hat unendlich
Hoch uns bevorzugt. Im Vermögen gleichen
Wir uns zur Lust, und die geheimen Zeichen
Sind unsere Sehnsüchte uns wohl verständlich.

So stehen sie gar huldreich oder fliegen
Um unser breit und königliches Bette.
(Weltklugheit aber hat uns diese Stätte
Und Wohlstand zugesprochen). Und wir liegen,
Zum Glück entschlossen, und verlangen mehr
Als Sterbliche. Und haben es sehr schwer.

Tiefe

Wir wollten es nicht rasch. Der allzufrühe
Genuß bleibt schal. Das wußten wir ja schon.
Der tiefe Lohn, er folgt der langen Mühe.
So wählten wir die Mühe und den Lohn.

Erst im Errungnen – denn wir sind nicht heurig
Und wußtens wohl – paart Freude sich und Sinn.
Die Flachheit nur nimmt unversäumt für feurig,
Und die Verzweiflung nur liebt obenhin.

Besonnenheit im Vorsatz und des Falls
Gelegenheit mit schönem Ernst vermeidend.
Geschah uns alles anders. Nichts entscheidend,
Taten wir, was entschieden war. Und als
Wir staunend dann uns in einander fanden,
Da haben wir, wie tief dies ist, verstanden.

Zumirfinden mit Landschaft

Als mir das Auge wieder aufging, ward
Zuerst des grünen Mooses ich gewahr.
Auf sandiger Narbe Wipfel sternenzart
Und zwischen ihnen was wie braunes Haar.

Dann, mehr bei Sinnen, sah ich: schmal und bloß
War mir dein brauner Körper aufgetaucht,
Vom selben rostigen Braun wie von dem Moos
Das Haar, doch weiß mit Nebel überraucht.

Das war das zweite. Hiernach nun verlor
Ich mich, zum andern Mal und des Verstands
Noch gründlicher entratend als zuvor,
In deinen tiefen Küssen. Endlich ganz
Bei mir zurücke, fand ich mich im Regen,
Sehr wenig fern den öffentlichen Wegen.

Nebel

Hinten ist alles weiß. Sonst steht das Hinten
Neben das Vorn gereiht. Erfahrung mißt
Den Grad der Ferne nach dem Grad der Tinten,
Derart, daß, was nicht weiß ist, vorne ist.

Das grelle Gelb der Birken muß erbleichen,
Der Kiefern Stahlgrün mildert sich zu Grau.
Im Undurchströmten schweben flache Zeichen.
Man sieht mehr gern und weniger genau.

Da ich hinblickend saß – den Raum durchschrägend,
Gewahr ein Ufer ich, ein rauchend leises,
Das schön gebogt den Rand des Augenkreises
Vom Himmel trennt. Der Körper liegt der Gegend
Wie meiner Liebsten weißer Körper da,
Den ich auch immer nur durch Nebel sah.

Der Bulle

Er schirmt den After, und er wahrt die Augen,
Den mit dem Wedel, diese mit den Ohren.
Natur hat Bremsen, um an ihm zu saugen,
Ihn wieder, um sie abzutun, geboren.

Anstatt des Grases frißt er, das er soll,
Den Apfelbaum, an den man ihn gekettet.
Er malmt und schadet, tiefen Friedens voll.
Zum Hemiglob schon ist der Baum geglättet.

Ich lieb es sehr, den Bullen zu betrachten
Mit seinen seelenlosen schönen Mienen.
Was immer ist, muß meiner Liebe dienen.
Du wirst mich küssen, und ihn wird man schlachten.
Die weite Wiese, heiß und ungemäht.
Ein Himmel, woran sehr viel Sonne steht.

Was träumt der Teufel

Was träumt der Teufel, wenn die Schatten nahn?
Was rührt den Braven, der in Chaos' Nacht
Die Öfen fährt und seine Arbeit macht,
Was, wenn gelehnet er an einen Zahn

Des Höllenmauls nach fünfe, pechumschäumt,
Ins Feuer starrt, wo sich die Sünder drängeln,
Ich wüßte Namen. Doch zurück: was träumt
Des Abgrunds Werkmeister? Er träumt von Engeln.

Höchst unvermittelt in der maledeiten
Stirn blüht ein Bild von jener Wesen Reizen
Und schönen Unzurechnungsfähigkeiten,
Die noch so frei nicht sind, gleich ihm zu heizen.
Auch ich an Halbheit krank. Wie der Geschwänzte
Träum ich dem Engel nach, der mich ergänzte.

Der Mensch kein Vogel

Ich lag mit dir, und im Begriff, zu Bette,
Mich stark nach unsres Hierseins Sinn zu fragen,
Da hört ein Klatschen ich und Flügelschlagen.
Zwei Tauben balzten auf dem Fensterbrette.

Wie ganz erfaßt! Wie aufgerührt vom Drange!
Doch jetzt, wieso? Sie gehn zur Feuerleiter
Und scharren dort und kennen sich nicht weiter.
Es war nicht schlecht. Nur währt es wohl nicht lange.

Der Tauber gähnt und kratzt sich an der Haube
Und hatte kurze Not, sich abzukühlen.
Ich sprach: viel Redlichkeit, doch wenig Taube.
Die Liebe, die ich nur zu fühlen glaube,
Ist zehn Mal mehr, als was die Bestien fühlen.
Und ich begann, mich gern in dich zu wühlen.

Erloschenes Herz

Zu große Hoffnung dieser hundert Tage,
Hängst du zu lastend an der einen Stunde?
Ging Sehnsucht an Begier, gleich einer Plage
Vom eignen Stoff sich sättigend, zugrunde?

Ich wartete zu sehr. Das innre Uhrwerk,
Unklug gefordert, hat sich überdreht.
Im Hofe schlägt die Tür von deinem Fuhrwerk.
Gestern wars: endlich: Heute ists zu spät.

Doch wie? Mein Herz, im unvermutet wilden
Verlangen find ichs an dem deinen klebend
Mit der Magnetgewalt von Weltgebilden.
Was tot schien, scheint im Übermaße lebend.
Wen Lieb entflammte, ist das so? dem brennt
Sie tiefer, als er selbst sich fühlt und kennt.

Der Eilbrief

Die Post geht langsam und das Leben schnell.
Ich schreib dir einen Eilbrief, und ich sag,
Wie sehr ich dich erwäg, und an dem Tag
Wo du ihn kriegst, wird mir der Morgen hell

In deinem süßen Bett. Der alte Mann,
Der ihn besorgt, ist atemlos, denn du
Wohnst hoch, und er verdient sich was dazu.
Der Brief, der stak im Postamt nebenan.

Nun zur Verallgemeinerung. Erfahrung
Ist solch ein Hinkfuß, der den Sachverhalt,
Nach unvertretbar langer Aufbewahrung,
Vor Eifer keuchend, in den Briefschlitz knallt.
Der Text der Welt wird stets so spät gelesen.
Und nur im Vorgriff packt der Geist das Wesen.

Du sanfte Liebe

Du sanfte Liebe, holdes Kind, vernimm:
Als ich aus deinem süßen Kusse eben
Getrennt mich hatte und zu mir begeben,
Da war mir in der linken Schulter schlimm.

Vorm Spiegel streifte ich das wollne Hemd,
Was schmerzte, ab. Und im Hintüberwenden
Sah ich fünf Zeichen meine Weiße schänden,
An Blutfarb meiner Haut und Schwellung fremd.

So furchet die Harpye nur dem Lamme
Ins Unschulds-Fleisch, (wie matt sein Blöken klaget),
Da nichts, die Mutter nicht, zu retten waget),
Solch todeinwühlend fünfgezinkte Schramme.
Und das nun, sanfte Liebe, fügtest du
Mir, und mit deinen Sammetkrallen, zu?

Demut der Liebe

Du fragst dich, du, die liebe, süße, heile,
So sanft an Seele du wie reich an Geist,
Ob du verdientest, daß ich bei dir weile,
Und ob du meiner Achtung würdig seist.

Du putzt dein Zimmer, bis es mir genüge.
Du blickst mit Sorge, ob du deine Brust
Trägst, wie sie eine, die ich schönfänd, trüge.
Du liest, wovon mich, meinst du, dünkt, du mußt.

Vernimm denn: alles, was ein Recht, die seicht
Und dumme Welt mit Spott mir gab zu kränken,
Seit ich dich liebe, frag ich, ob es reicht.
Und dies ist das unschätzbarste vielleicht
Von deiner Neigung Zeichen und Geschenken:
Daß du mich lehrst, mich minder hoch zu denken.

Auf Lauras Entjungferung

Wie ein bewachtes Land, plötzlich erstarkt,
Sich auftun kann, den Fremden einzulassen,
Und kann am andern Ich das eigne fassen
Und büßt von nichts ein bei diesem Markt,

Hast, Laura, du den stets verschlossnen Schoß
Mir aufgetan und dich. Und keine Grenze,
Allein dein Wert bestimmt noch deine Gänze.
Um frei zu werden, wardst du freistattlos.

Weißer als sonst, mein weißes, schönes Kind,
Liegt schwarz umrahmt dein Antlitz in den Kissen.
Die Mauer deiner Scham ist aufgerissen.
Und jene Träne, die ins Haar dir rinnt,
Gilt schon dem Schmerz nicht mehr in deiner Blöße.
Der Ahnung gilt sie abverlangter Größe.

Heile Welt

O Wonne, nicht dem Leid entrissen, Liebe,
Die keine Krankheit ist. Nur Glückbereiten
Im Wechselspiel der Gleichbeschaffenheiten
Und nicht ein Wunsch, dem abzuhelfen bliebe.

O süße Stimmungen. Insbesonders Morgens,
Wenn unzertrennt, von Fleisch ein Knäuel und Haaren,
Wir ruhn, die Häute, die verwechselbaren,
Des Labsal Spendens satt noch oder Borgens.

Und doch: dies Zueinander ohne Hürden,
Dies Ähnlichfühlen ohne Grat noch Rest,
Was ist in dem, das jäh mich schaudern läßt?
Es fehlt am Wahn. Mich packt die Furcht, wir würden
Aus Liebenden zu treuen Wegbegleitern.
Mög unsre Liebe nicht an Freundschaft scheitern.

Melancholie

Glaub ich an dich, dann glaub ich, was ich soll:
Den guten Gang der öffentlichen Dinge,
Und daß uns irdscher Schar – vertrauensvoll
Glaub ich daran – noch Götterlust gelinge.

Solang ich nah dich und mir seiend weiß
Von keinem Edlen zweifl ich, daß es werde.
Jetzt bist du fern. Der Sonne nicht des Mais
Glaub ich die Wärme mehr und Prunkgebärde.

Glück? Narrheit. Lenz? Und Lenz nicht für uns beide?
Am Schattenrande sitze ich des Flusses,
Umstellt von Dämmerungen, und erleide
Des Sehnens Krankheit und des Weltverdrusses.
Der Menschen müd, vom Firmament belästigt.
Melancholie hat sich in mir befestigt.

Das Wir, für J. R. Becher

Du bist, und ich, wir beide sind wir: wir.
Ich kann mich noch – kann sein, zum Vorteil, – ändern,
Wenn ich mein altes Selbst samt Kern und Rändern
Im nahen Jenseits deines Leibs verlier.

Daß du mir dienst, wie ich bedarf, verlang ich.
Dir sei gedient nach meinen Fähigkeiten.
Wo wir zwei einander ganz sich unterbreiten.
Wird alles Einsambleiben nebenrangig.

Komm, laß uns im Wechselwirken üben.
Zum angenehmen Knäuel fest umschlungen,
Haut sehr an Haut, zum Teil auch eingedrungen,
Lieg ich mit dir. Solch überbrücktes Drüben
Macht uns mehr frei und bindet täglich enger.
Das galt einst auch im Staat. Und gilt nicht länger.

Schule der Liebe

Du warst so gut und war so viel Verlaß
Auf Dauer deines Liebens. Wo ich gab,
Gabst hundertfach du wieder, und ich hab
So ohne Schaden dich erfahren, daß

Vor meinen kindlich überzeugten Augen
Vom Bilde niemals des behüfteten
Geschlechts sich mehr die Schleier lüfteten.
So ungemein, so über alles Taugen

Gut nämlich warst du. Deiner Güte danke
Ich, daß ich Argwohn stets mit Mühe lerne
Und rasch vergeß, und daß bis heute gerne
Und unerschlafft ich an der Liebe kranke.
Vor deiner Güte führe ich Beschwerde,
Wenn ich von allen nun betrogen werde.

Ohnmacht der Sprache

Wie sollte ich, dich zu benennen, wagen?
Wie mich mit Ausdrucks armem Vorrat quälen?
Ich kann dir nur mit schönen Worten sagen,
Daß mir für dich die rechten Worte fehlen.

Mein bißchen Witz ist ganz und gar entschuldigt,
Am Beispiellosen scheitert das Erprobte.
Verzeih dem Dichter, der mit Schweigen huldigt.
Er wäre minder glaubhaft, wenn er lobte.

Des Weltalls erste Stimmen enden kläglich
Vor deiner Lieblichkeit. Der Donner spricht
Zu zaghaft, und der blütenreichste nicht
Der Winde säuselt dich. Du bist nicht säglich.
Der Sonnen Lärm, das Stammeln der Galaxen
Sind deiner Schönheit Anspruch nicht gewachsen.

IV Liebesgesang

Lieder zu Stücken

Aus: *Omphale*

O tiefe Neigung, ungenaue Kenntnis

O tiefe Neigung, ungenaue Kenntnis.
O was ist Zugang, was ist Mißverständnis?
O leicht erschüttert, Liebe, schmale Brücke
Von Herz zu Herz, von Glück zu fremdem Glücke.

Verschlossen ist des stillen Gartens Tor

Verschlossen ist des stillen Gartens Tor.
Komm, scheue Liebe du, wag dich hervor.
Kein Blatt mehr fällt herein, kein Wind darf wehn.
Die Sonne selbst bleibt auf der Mauer stehn.
Mein Herz, es fand, von Ungeduld genesen,
In diesem abgeschlossnen Garten Ruh.
Wag dich hervor, komm, scheuestes der Wesen,
Störbarer als das Einhorn, Liebe du.

Ob Sonnen sterben, Monde sich verspäten

Ob Sonnen sterben, Monde sich verspäten,
In meiner Liebe kann dir nichts geschehn.
All die Bewohner anderer Kometen.
Laß sie doch kämpfen, auf- und untergehn.
Beim Tun der Menschen bist du nicht erbeten,
Mit dir allein, bist du zu sehr allein.
Ob Sonnen sterben, Monde sich verspäten,
In meiner Liebe darfst du glücklich sein.

Aus: *Noch einen Löffel Gift, Liebling?*

Die Liebe als Schulmeister

Was ich nicht fühlte, pflegte ich zu lehren,
Was ich gefühlt, ich konnt es nicht erklären.
O Liebe du in meiner Brust,
Du hast es lang vor mir gewußt.
Als deinen Zögling nun will ich mich preisen,
Will meine Lernbegier verhundertfachen.
Dir, Liebe, bleibt: du mußt nun Schule machen
Und meiner Liebsten Liebe unterweisen.

Ich war im Zweifel, du mit dir im Reinen.
Ich prüfte Gründe, und du brauchtest keinen.
O wohlberatener Instinkt,
Dem mehr als der Vernunft gelingt.
Du gabst das Ziel mir aller meiner Reisen,
Jetzt steht es gut um mich und meine Sachen.
Dir, Liebe, bleibt: du mußt nun Schule machen
Und meiner Liebsten Liebe unterweisen.

Sehnsucht

Nachts hör ich die Brunnen rauschen,
Wie sie rinnen in dem Gras.
Meine Ruhe muß ich tauschen.
Wenn ich wüßte, gegen was.
Zu dem Anlaß meiner Leiden
Ziehts mich immer wieder hin.
Einer nur liebt von uns beiden.
Und es scheint, daß ich der bin.

Wenn ich ihn liebe, will ich ihn sehen,
Will ihm immer nahe sein.
Wenn ich ihn sehe, will ich ihn halten,
Will ich spüren, er ist mein.
Wenn ich ihn halte, will ich ihn küssen
Mit den Lippen allezeit.
Wenn ich ihn von Herzen küsse
Und in dem Kuß sein Herz vermisse,
Schmeck ich meine Einsamkeit.

Aus: *Moritz Tassow*

Taglied

Es hat ein junger Fuhrknecht
Seinem Mädchen zugeredt,
Daß sie sollt ihn lassen schlafen
In ihrem Federbett.
Sie lagen tief verborgen
Und Herz an Herz geschmiegt.
Wie frühe kommt der Morgen,
Wenn Lieb bei Liebe liegt.

O Mond, du gelber,
Vom Himmel herab,
Du weißt, wie lieb ich sie hab,
Viel lieber als mich selber.

Die Turmuhr, die muß schlagen,
Und sie schlägt schon fast zu viel,
Und der bunte Hahn muß schrein,
Und der Mond muß an sein Ziel.
Auf bald, auf bald, mein Liebchen,
Bis ich die Straße fahr
In einem andern Sommer
In einem andern Jahr.

O Mond, du gelber,
Vom Himmel herab,
Du weißt, wie lieb ich sie hab,
Viel lieber als mich selber.

Wer hat denn dieses Liedchen,
Dieses Liedchen ausgedacht?
Das haben die alten Weiber
Von Halberstadt gemacht.
Die alten Weiber sitzen
Den ganzen Tag zu Haus
Und denken sich die schönen
Traurigen Lieder aus.

O Mond, du gelber,
Vom Himmel herab,
Du weißt, wie lieb ich sie hab,
Viel lieber als mich selber.

Aus: *Die schöne Helena*

Schlußchor

Liebe und Roheit, zwei Schiffe, sie fahren
Über den Ozean der Zeit.
Die Roheit kommt abhanden mit den Jahren.
Die Liebe bleibt in Ewigkeit.

F.W. Bernstein über den Dichter Peter Hacks

»Ich lieb nicht schlechter als ich schreib.«
Peter Hacks

Dass er, Peter Hacks, die Liebe so virtuos betrieben hat wie die Poesie – man möchte es kaum für möglich halten. Wiglaf Droste zitiert in seinem Nachwort zu »Hundert Gedichte«, einer Auswahl, die Peter Hacks noch selbst 2004 im Eulenspiegel-Verlag besorgte, aus dem Nachruf der Süddeutschen Zeitung: dort ist die Rede vom »... lichten heiteren Ton, dem die gesamte deutsche Nachkriegsliteratur nichts Vergleichbares an die Seite zu stellen hat«.

Die Lyrik von Peter Hacks ist versammelt in dem Band »Die Gedichte«, 1988, im Aufbau-Verlag. Diese Sammlung ergänzt um 70 Gedichte, wird 1998 übernommen vom Nautilus Verlag Hamburg. Wiederveröffentlicht 2003 als Band 1 der Werkausgabe letzter Hand im Eulenspiegel Verlag Berlin, vom Autor eingeteilt in drei Kapitel: »Lieder zu Stücken«, »Gesellschaftsverse« und »Liebesgedichte«. Für meine Auswahl habe ich mich auch bei den ersten beiden Teilen bedient sowie bei »Die Kindergedichte und -dramen«, dem 10. Band der Werkausgabe.

»Ein Gedicht ist klein, aber niemals eine Kleinigkeit« – Peter Hacks erklärt seine lyrische Produktion in einer umfangreichen charmanten Textmaskerade, einem Schäferspiel der Theorie: »Wie Gedichte zu machen, oder: Rechtfertigung gegenüber Belinden«.

Es sind neun Briefe, nein es ist schon eine ganze Korrespondenz, denn jene umschwärmte Belinde unterbricht

immer wieder die eloquenten Poesie- und Liebeserklärungen: »... und ich glaube Ihnen sowieso kein Wort.«
Belinde – schon der Name der Geliebten verweist auf die Anakreontik im 18. Jahrhundert, jene verspielte Abteilung der Aufklärungspoesie. Das Erdenglück irdischer Liebe zu Dorinde, Chloe, Phyllis und Finette wurde in der eleganten Art des antiken Anakreon besungen.
Peter Hacks erklärt in jener »Rechtfertigung« die Alchimie seiner lyrischen Goldmacherei. Aber jene Belinde will keine »strohigte Predigt«, sondern Liebesgedichte. Und ausgerechnet dieser fiktiven Geliebten kann er damit nicht dienen, denn: »Ohne Liebe kein Liebesgedicht, aber mitten in der Liebe kaum ein vortreffliches«. Belinde wird sich gedulden; wir aber haben seine Verse in Überfülle.

Gedichte sind für Peter Hacks eine niedere Gattung, sie umfassen nicht Welt und Zeit. Sind aber keine minderen Produktionen. Ihr Ziel und ihr Vorteil ist Vollkommenheit. »Lyrik ist die Kunst, bei der es besonders lächerlich wäre zu verbergen, daß einer sie, mit allen Kniffen und Griffen des Handwerks, gemacht hat ... Belinde, es hilft nichts: ein Gedicht, das ist die Notwendigkeit in der Anmut und Anmut entsteht nicht, außer aus Überfülle.«
Dazu Theodor W. Adorno: »Keine Fülle ohne Kraftmeierei.«
Und der Dichter gibt unwiderstehlich und formvollendet wie ein Rokoko-Kavalier den potenten Superpfau:

»Die liebt leicht keinen andern,
die mich einmal geliebt ...«

Wer kann, der kann. Vielfältig seine lyrischen Kostümierungen, sein Maskenspiel mit den Formen unserer literarischen Tradition. Er verfügt über alle Register der geblümten Rede und sagt auch unverblümt, worum es geht:

»Die ideale Liebe muß nicht stets
im Bette enden. Besser wär, sie täts.«

Überschrift: VOLLKOMMENHEIT.
Griff und Kniff des Handwerks: der dreiste Zweizeiler ist ein Couplet, eine strenge englische Gattung, 10 Silben pro Blankvers.
In seiner Liebeslyrik führt Peter Hacks die Instrumente vor: die Panflöte, die Laute des anakreontischen Schäferspiels, Psalter und Harfe und zum Choral der Orgel volles Werk, die Drehorgel zu Moritaten und Balladen. Fülle der Tonfälle: er summt und singt, doziert, plaudert, kokettiert und parodiert. Und so zelebriert er die »Ohnmacht der Sprache«:

»Wie sollte ich, dich zu benennen, wagen?
Wie mich mit Ausdrucks armem Vorrat quälen?
Ich kann dir nur mit schönen Worten sagen,
Daß mir für dich die rechten Worte fehlen …«

Er feiert seine Srachlosigkeit in diesem Sonett, das – Hacks bevorzugt die englische Art – mit zwei pointierten Zeilen endet:

»Der Sonne Lärm, das Stammeln der Galaxen
Sind Deiner Schönheit Anspruch nicht gewachsen.«

Wir Kenner schmecken dabei Goethe: »Die Sonne tönt nach alter Weise …« und auch aus dem Faust die Antwort auf die Gretchenfrage; von fern klingt Shakespeare an, sein Sonett: »Soll ich Dich einem Sommertag vergleichen …«

Dieses allmächtig-ohnmächtige Sonett eröffnet das Großkapitel der »Liebesgedichte«. In 19 Sonetten folgen programmatische Liebeserklärungen: Liebe als Lust und großes Glück. Dass sie Passion, Leidenschaft, Skandal sein kann – geschenkt! Skandalöser als Schmerzen der Affären und provozierender als jeder expressionistische Schrei sind etwa seine Verse »Venus und Stalin«. Nach den Sonetten die Elegien, antiker Form sich nähernd, seinen Wunsch, seinen Stolz, den Wahn der Liebe zu erleiden, besingend. Dann kunterbunte Liebeserfahrungen: »Verschiedenes«.

Peter Hacks absolviert Pflicht und Kür der europäischen Liebeslyrik mit Traumnoten. Mein Sondervotum erhält er für seinen Verzicht aufs Seufzen, Klagen und Stammeln. Er fleht nicht, und er schmachtet nicht. Aber er lacht. Peter Hacks führt Komik ein in seine Liebesgedichte, dergestalt die ununterbrochene deutsche Tradition des komischen Gedichts weiterführend

So endet etwa »Freu dich, Liebe«:

> »Ich hab eine Nachbarin,
> Der ich nicht zu häßlich bin.
> Freu dich, Liebe, freue dich.
> Nebenan, da nimmt man mich.«

In seinem befreiten »Klosteridyll« hat der Abt Mönch und Nonne erwischt und er spricht sein Urteil:

> »Ab, Kinder, rief er, in die Kissen,
> Verschafft Euch eine frohe Nacht.
> Ich selbst will eben zur Äbtissin,
> Wir sehn uns dann zur Frühandacht.«

Meine Auswahl beginnt mit zwei balladenhaften Verserzählungen, die Lebensalter als Liebesalter umfassend. Am Anfang »Die Mädchenhasser«:

»... und wie sie so waren beim Raufen und Ringen
Da wurde mit einmal dem ersten klar,
An mehreren unmißdeutbaren Dingen,
Daß der zweite Junge kein Junge war ...«

Danach: »Lola und Ludwig«, die Historie vom Bayernkönig Ludwig I. und seiner Lola Montez:

»Die schöne Frau, der alte Mann ...«

Und zum Finale des Bandes der Schlusschor seiner Lieder aus seiner Bearbeitung der »Schönen Helena« von Jacques Offenbach:

»Liebe und Rohheit, zwei Schiffe, sie fahren
Über den Ozean der Zeit.
Die Rohheit kommt abhanden mit den Jahren.
Die Liebe bleibt in Ewigkeit.«

Quellen

Alle Gedichte aus:

Peter Hacks, Werke, in 15 Bänden,
Eulenspiegel Verlag, Berlin, 2003.

»Die Mädchenhasser« aus Band 10 (Kindergedichte und -dramen), S. 110, alle anderen Gedichte aus Band 1 (Lieder zu Stücken, Gesellschaftsverse, Liebesgedichte)

Inhalt

1. Auflage, 2006
Umschlaggestaltung: Gabriele Burde
unter Verwendung eines Porträts von Peter Hacks

Foto des Herausgebers auf der Umschlagklappe: privat
Gesetzt aus Rotis serif
Satz: Steffi Glauche, Leipzig
Druck und Bindung: Ebner & Spiegel, Ulm
Printed in Germany
ISBN-13: 978-3-379-00865-5
ISBN-10: 3-379-00865-6

www.reclam.de